QUATRIÈME ÉPITRE (N° 14)

A SA MAJESTÉ LOUIS-PHILIPPE,

suivie

D'UN HUMBLE EXPOSÉ AU ROI, D'INDICATION D'OUVRAGES LITTÉRAIRES EN PROSE ET EN VERS, ET DE CITATIONS SOMMAIRES DE TRENTE ÉPITRES ;

PAR M. E. BREBION,

curé de Villotran, par Auneuil (Oise), auteur d'épitres au Roi et à la Reine, du *Musée de Versailles*, etc.

A M. BREBION, *à Belleuse.*

« Monsieur et cher confrère, j'ai vu hier M. Voclin, notre
« archidiacre (d'Amiens), à l'effet de l'intéresser pour vous. Il
« croit, dans sa conscience, que la cause de votre disgrâce est
« une calomnie... Je vous souhaite, monsieur et cher confrère,
« tout le courage, toute la patience qui vous sont néces-
« saires pour supporter avec mérite les grandes épreuves
« par lesquelles il plaît au Seigneur de vous faire passer. »
(2 août 1837).

CARON, doyen de Saint-Germain d'Amiens.

PARIS,
IMPRIMERIE DE POUSSIELGUE,
RUE DU CROISSANT, N° 12.
1841

A SA MAJESTÉ LOUIS-PHILIPPE.

————

> « C'est d'un roi que l'on tient cette maxime auguste,
> « Que jamais l'on n'est grand qu'autant que l'on est juste !
>
> (BOILEAU.)

————

De l'immortel Henri (1) le chantre trop fameux
Commence par ces mots ses vers harmonieux :
« Je chante ce héros qui régna sur la France,
« Et par droit de conquête, et par droit de naissance. »
Plus heureux, ô mon Roi, que ton aïeul chéri,
Du sang de tes sujets ton nom n'est pas flétri ;
Par le choix des Français élevé sur le trône,
L'amour et le respect ont tressé la couronne
Que plaça sur ta tête un peuple généreux,
Pour défendre ses droits, pour combler tous ses vœux.
Pénétré des devoirs que le pouvoir confère,
Tu seras moins son Roi que tu seras son père.
En tes habiles mains le peuple a mis son sort ;
Deviens son avocat, sois son puissant support !
A travers les écueils d'une mer orageuse
Dirige le vaisseau d'une main vigoureuse.
Si de la liberté les funestes abus

————

(1) Les deux vers cités sont de la *Henriade* de Voltaire.

Altérant les pouvoirs, les ont tous confondus,
Parmi tant de moyens que la charte prodigue,
Daigne nous ménager un prudente digue.
Le pouvoir, quand il est par trop disséminé,
Est plus un embarras qu'il n'est autorité.
De tout gouvernement compliquer le rouage,
C'est aux vils intrigants le livrer en partage ;
A l'opposition c'est fournir l'aliment,
Qui, sachant tout gâcher, s'élève en tout gâchant.
De sages électeurs assez haut est le nombre,
Si de la royauté tu ne veux être l'ombre,
Avec soin garde-toi d'un projet ennemi,
Qui, te circonvenant, te livrerait trahi.
Restreins des tripoteurs l'ambitieuse race :
L'on défend mal un fort s'il a trop de surface.
Le peuple, une fois dûment constitué,
Tous ses droits garantis, fort de sa liberté,
Ne peut que mépriser des cabaleurs vulgaires
Les tripotages vils, les ruses mercenaires ;
Au mépris mérité vouant leurs vains discours,
Il pénètre éclairé tous leurs subtils détours.

. . . .

. . . .

Heureux, Sire, les rois qui se font une étude
De couvrir leurs sujets de leur sollicitude,
Prodiguant aux vertus, au sublime talent
Les honneurs mérités, noble encouragement
Qu'un monarque éclairé réserve au vrai mérite.
Sans vertu, sans talents, tout pouvoir périclite,
A dit, avec raison, un savant écrivain. (1)

---

(1) Le docteur Swift, savant Anglais; il répétait souvent cette belle maxime :
« Tout sage qui refuse des conseils, tout grand qui ne protége pas les talents,
tout riche qui n'est pas libéral, tout pauvre qui fuit le travail sont des
membres inutiles et dangereux à la société, et il faudrait pendre tout puissant
persécuteur de la vertu et du génie, soutiens naturels de la société. » (Voir
la *Biographie.*)

Privé de cet appui, tout pouvoir serait vain.
Par le crime vendu, leurré par l'ineptie,
Un roi périt d'un crime ou d'une impéritie.
Du bon droit, en tout temps, on soutient le pouvoir,
Quand il marche appuyé sur un juste devoir ;
C'est alors qu'on voit fondre, ainsi que de la cire,
Les projets ennemis du méchant qui conspire.
De la mauvaise foi tous les traits acérés
S'émoussent à jamais une fois démasqués ;
Alors l'opinion, conscience publique,
En faveur du bon droit n'admet plus de réplique.
(1). . . . .
Dussent tes ennemis tomber tous en syncope,
Je veux, Sire, de mon Roi faire bientôt l'horoscope.
Pour le faire j'attends l'instant inspirateur,
Qui de mon Apollon stimule la faveur.
De tes guerriers fameux la brillante auréole
D'un heureux avenir prépare le symbole ;
Parmi tant de héros surgiront le grand Soult, (2)
Ney, Masséna, Suchet, Magdonald, Bourdesoult...
Le reflet éclatant de leur mémoire illustre
Sur ton règne immortel jettera tout son lustre.
Aux prestiges brillants de ta noble maison
L'on verra se mêler leur glorieux blason ;
Les siècles futurs, étonnés de leur gloire,
Rehausseront l'éclat de ta sublime histoire.
Pour ma part, ô mon Roi, malheureux exilé,
Je verrai ton bonheur, et serai consolé.
De mon très saint état l'austère bienséance
D'un ouvrage sensé ferait une indécence.

---

(1) Cette épître contient trois cent quatorze vers. La prudence me conseille de surseoir à sa publication entière.

(2) L'illustre maréchal Soult, président du conseil des ministres, le digne lieutenant de Napoléon, que l'Europe a qualifié de grand.

Contre les ennemis, conspirés contre moi,
Je ne puis qu'invoquer l'équité de mon Roi.
Aux droits de l'opprimé je le verrai propice ;
Je verrai luire enfin le jour de la justice :
Meurtri par le malheur, à l'exil condamné,
Deviens le protecteur du faible infortuné.
Aussitôt l'on verrait la juste Providence
Prendre du victime l'éclatante défense ;
L'on verrait pénétré leur barbare trafic,
Leurs secrets dévoilés, baffoués du public.
L'on comprendrait alors la haine qui les presse
De vouloir comprimer les élans de la presse ;
L'on verrait expliqué ce mystère odieux :
« Plus l'homme est ignorant, plus on le voit heureux. »
Les sots ont, en effet, le bonheur en partage ;
Alors que le malheur est le lot du vrai sage.
Toutefois ce mystère est bientôt expliqué,
Lorsque l'on connaît bien la triste humanité.
Le sot, bien sûrement, n'excite pas l'envie ;
Ce monstre vexateur ne trouble pas sa vie ;
Des hommes méprisé, parmi tous confondu,
Protégé du néant, il végète inconnu.
Oh ! qu'il est différent le sort du vrai sage !
Des lâches envieux il provoque la rage.
Les succès qu'il obtient, son savoir, ses talents,
De l'odieuse envie évoquent les serpents.
Sa bonne renommée est le cruel supplice
Qu'engendrent contre lui l'ignorance et le vice.
Pour le contrarier tous les moyens sont bons :
Surgissent contre lui les persécutions.
Le mensonge odieux, puis la jalousie,
Pour le perdre à jamais unissent leur furie.
La gloire du savant met le sot en fureur ;
Il distille sur lui le fiel de sa noirceur,
Que si nous remontons jusqu'à l'illustre Homère,
Nous le voyons comblé de gloire et de misère.

Le Tasse et Camoëns (le) furent-ils plus heureux ?
Ils furent les jouets d'un sort plus rigoureux !
Pour aimer les savants il faut l'être soi-même ;
Pour juger de ce fait c'est la règle suprême.
Aussi du vrai talent le zélé protecteur
En sera-t-il toujours juste appréciateur ;
Tandis que l'attribut de l'ignoble ignorance
Est la haine aux savants ainsi qu'à la science ?
Mon malheur, ô mon Roi, ne peut être éternel ;
Il n'est que passager, que *providentiel* :
Des jours plus heureux consoleront ma vie ;
De plus heureux encor je la verrai suivie.
J'irai rejoindre aux cieux le bienheureux Voclin, (1)
Pour le remercier dans ce séjour divin
Où, triomphant, heureux parmi le chœur des anges ,
Il chante de son Dieu les suaves louanges !...

E. BRÉBION , prêtre.

---

(1) Feu M. Voclin, vicaire général d'Amiens, mon bienfaiteur.

HUMBLE EXPOSÉ DE MA SITUATION

A SA MAJESTÉ LOUIS-PHILIPPE.

> « Un coupable puni est un exemple pour la canaille (expres-
> « sion vieillie); un innocent condamné est l'affaire de tous les
> « honnêtes gens. »
>
> LA BRUYÈRE (*de quelques Usages*, t. II, p. 220.)

SIRE,

La distance immense qui sépare un simple desservant de campagne, exilé encore, du plus puissant monarque de l'Europe, m'a fait hésiter long-temps à prendre la confiance de recourir à la justice de votre auguste Majesté ; mais, rassuré par les sentiments d'équité qui animent un Roi, expression de la divinité sur la terre, je me suis enhardi, Sire, à faire cette démarche respectueuse, dans l'espoir légitime d'en être favorablement accueilli.

Que votre bienfaisante Majesté, Sire, daigne recevoir ici l'humble expression de ma reconnaissance pour les bienfaits que j'ai reçus de son gouvernement (1); mais j'ose entretenir l'espérance que mon Roi, à qui j'ai, dans des circonstances difficiles, donné tant de marques de mon dévouement à toute épreuve, daignera apprécier la position de son sujet et serviteur zélé et fidèle.

L'honneur, Sire, est un trésor si précieux que l'on n'en veut que pour soi seul ! Il semble que l'on commette un vol au préjudice des orgueilleux, absorbant tous les genres de considération, quand on paraît seulement

---

(1) Le gouvernement du roi, par l'organe de son ministre des cultes, m'annonça, le 31 décembre 1833, il y a aujourd'hui sept ans, que des fonds m'étaient alloués. Effectivement, dans le mois de janvier 1834, je reçus la lettre d'avis suivante :

Monsieur,

« J'ai l'honneur de vous prévenir que par décision du ... j'ai approuvé l'allocation en « votre faveur d'une somme de ... Recevez, Monsieur, l'assurance de ma considération « distinguée.

« Le garde des sceaux, ministre de la justice et des cultes·

« Pour le ministre et avec son autorisation,
« Le maître des requêtes, chef de la division du culte catholique.

« SMITH (signature presque illisible.) »

N. B. Pour justification d'une date moyenne : « Paris, 23 mars 1836. – Paris, 17 février « 1837. »   A. M. BARNION, prêtre.

désirer la moindre part de cet honneur, cependant si varié et si multiple qu'il doit contenter l'exigence la plus difficile. Ce partage inégal de l'honneur, cette poursuite exclusive de la considération, Sire, a de tout temps fait naître dans le monde ces luttes injustes et déplorables qui l'agitent et le troublent, et où, après tant de funestes combats, le véritable honneur ne parvient à ses poursuivants que défloré par le souffle flétrissant de la malveillance et de l'envie.

Les ennemis le savent bien, Sire ; quel mot terrible que celui-là ! Rien ne coûte à un cœur noble et généreux comme la nécessité d'une défense, même la plus légitime. La malice humaine est si perverse et si cruelle que le mot seul de *défense* lui fait supposer une faute. « Il se défend, dit-on, donc il en éprouve le besoin ! » Doctrine injuste et barbare, Sire, si nôblement flétrie par les hommes les plus illustres, les d'Aguesseau, les La Bruyère, les Cochin, etc.

Mais qui donc, Sire, dans ces temps dégradés, pourrait se croire au dessus des attaques des passions, des agressions injustes, suscitées par tant d'intérêts divers? Le trône lui-même est-il à l'abri des atteintes les plus cruelles et les plus forcenées? Le fils de Dieu lui-même, lorsqu'il vint sur la terre, n'éprouva-t-il pas le besoin de se défendre? Ne se défendit-il pas d'être possédé du démon (*quia dæmonium non habeo*), d'être un séducteur des peuples (*quia seductor ille dixit*), d'être l'usurpateur de sa propre divinité?

Si légitime que soit la défense, Sire, si indispensable même qu'elle soit souvent, je n'en surmonte pas moins une répugnance bien pénible en établissant la mienne; et quiconque me verrait au moment où je trace ces lignes nécessaires me trouverait le front couvert du rouge de la pudeur ; mais que les provocateurs gratuits et cruels de cette nécessité ne s'en prennent qu'à eux-mêmes de cette extrémité où ils m'ont réduit, et que le rouge de la honte brûle leur front coupable et audacieux !

Le voici donc arrivé, Sire, le moment où je dois nécessairement parler de moi-même. Je serai bref, Sire, et je commencerai par le plus pressé, par démontrer mon innocence. O rigueur inexprimable d'une vie traversée par tant de malheurs et d'infortunes !

Voici plus de *douze ans*, Sire, que je me suis condamné à un exil volontaire et douloureux, pour me soustraire à une persécution odieuse dont, si j'ai dû être la victime, je n'ai pu ni dû en devenir le complice.

Une polémique fâcheuse surgit entre un adversaire et moi dans mon diocèse natal. La raison et le succès furent toujours de mon côté, ainsi que le démontrent les pièces justificatives suivantes que la nécessité me force à reproduire ici.

Hélas ! Sire, si je viole ici les convenances, quelquefois si injustes et si tyranniques en France, cette violation n'est attribuable qu'à mon infortune, et sans plus de préambule je cite textuellement la lettre suivante, dont personne ne sera tenté de contester l'authenticité et le mérite de l'auteur. Elle est d'un doyen, chanoine honoraire, dont l'érudition fait autorité dans la matière.

A M. Brebion, curé...

« Monsieur et vénérable confrère, je suis on ne saurait plus en-
« chanté des écrits que vous livrez à l'impression; tous sont d'accord
« avec moi sur ce point. La Providence vous a doué d'un génie extrê-
« mement fécond, d'une mémoire admirable, d'un jugement qui n'est pas
« de votre âge (je sortais de l'adolescence) et d'un goût exquis dans le
« choix des matières que vous traitez. C'est avec une joie extrême que je vois
« que vos travaux littéraires sont couronnés d'un brillant succès. — Daignez
« agréer, monsieur et vénérable confrère, l'hommage de l'attachement invio-
« lable et respectueux avec lequel je ne cesserai d'être, monsieur et véné-
« rable confrère, votre très humble et obéissant serviteur. »

***, Doyen, chanoine honoraire. »

« Ce 30 janvier 1827. »

Que si, dans cette circonstance, Sire, je ne nomme pas le signataire de cette lettre, si honorable pour moi, c'est que, vivant sous la domination de l'évêque qui m'a sacrifié sans doute, par surprise, supposition qui, sous aucun rapport, ne peut lui être injurieuse, je craindrais pourtant de compromettre mon honorable ami et bienfaiteur, comme cela se conçoit d'ailleurs.

Sire, la lettre que je viens de citer ici m'est assurément bien favorable ; celle qui va la suivre, et que je cite toujours textuellement, sous ma responsabilité, ne me l'est pas moins. Elle est de M. Masson, doyen de Saint-André, à Lille (Nord), le digne ami de monseigneur de Frayssinous, ancien ministre des cultes, etc.

A M. Brebion, curé.

« Monsieur le curé, je m'empresse de vous accuser réception de
« la lettre que vous m'avez fait l'honneur de m'écrire, et d'un pa-
« quet contenant diverses pièces polémiques de votre composition, quoi-
« que je n'aie pas l'honneur de vous connaître, et réciproquement; cependant,
« M. le marquis de Francqueville (alors député)· m'a souvent parlé avec
« beaucoup d'éloges de vos talents supérieurs en tout genre. — Venez me
« voir à Lille, le voyage n'est pas long; c'est l'affaire de six à sept heures; cela
« me procurera l'honneur de faire votre connaissance et de vous témoigner
« les sentiments distingués que m'inspirent vos talents... »

MASSON, curé doyen.

« Lille, ce 14 février 1828. »

Monsieur le marquis de Francqueville, Sire, mentionné en cette lettre, était alors mon voisin. Les relations, surtout épistolaires, que j'ai eues avec cet honorable personnage m'ont fait révéler en lui un de ces hommes d'un rare mérite, plus recommandables encore par la noblesse et l'élévation de leurs sentiments que par celle de leur famille et de leurs dignités. Hélas Sire, la vérité me force de nouveau à violer nos convenances françaises si tyranniques. Souvent M. le marquis de Francqueville m'a dit et répété que M. Taranget, recteur de l'académie de Douai, lui avait dit de moi que mes rares relations avec ce savant le dédommageaient des correspondances lourdes et ineptes dont on l'accablait, et qu'il était toujours enchanté de mon style comme des sentiments que je lui exprimais.

Quoi qu'il en soit, Sire, la funeste polémique qui éclata entre moi et mon adversaire avait duré plusieurs années, et l'autorité épiscopale voulut y mettre un terme. Je n'ai jamais certes trouvé de mal à cela ; mais il fallait rendre justice, et c'est la justice qui fut violée à mon détriment.

Pour obtenir ce résultat inique on prétendit que j'avais commencé le premier à imprimer ; je n'ai jamais dit le contraire. Mais la vérité, Sire, c'est que mon adversaire indélicat me déshonorait par des libelles manuscrits qu'il adressait à mes amis et connaissances à l'estime desquels j'avais raison d'attacher le plus grand prix. Or, ces libelles manuscrits, mis en circulation contre moi, étaient écrits par la main d'un jeune écolier de douze à quatorze ans, et c'est ainsi qu'un pamphlétaire immoral abusait de l'innocence d'un enfant pour vexer un confrère, un ancien ami, tantôt par des mystifications malignes ou des diatribes grossières.

Bien persuadé, Sire, que mon gratuit Aristarque ne me suivrait pas sur le terrain de la publicité, où pour intéresser le public il faut nécessairement s'élever à une certaine hauteur, j'eus donc recours à l'impression. Je publiai des *Fables*, des *Allégories*, des *Épîtres* et des *Lettres imprimées*, qui, comme nous venons de le remarquer, Sire, obtinrent le plus grand succès. Mon antagoniste se vit bientôt lardé de brocards, couvert de ridicule et la propre victime de ses grossières malices.

On l'a dit avec raison, Sire, la haine polémique est la plus violente de toutes les haines ; on n'en connaît qu'une plus cruelle, c'est la haine politique, et la Providence, dans sa rigueur, voulut que j'éprouvasse l'une et l'autre de ces haines vraiment effroyables.

Un des besoins des cœurs lâches et méchants, c'est la vengeance. Dans l'impossibilité où était mon adversaire de me combattre à armes égales et pareilles, par la raison, la délicatesse, la bonne plaisanterie, il fit imprimer un des libelles manuscrits qu'il m'avait adressés, et dont, par une mystification bien délicate assurément, il me fit payer le port.

Cette diatribe, Sire, était une véritable monstruosité littéraire, où les mensonges les plus impudents, les injures les plus grossières tenaient lieu de sel, d'esprit et de bon sens. Nul besoin de dire que cette infamie littéraire était anonyme. L'auteur, comme de raison, la nia autant qu'il put, et ce fut l'imprimeur qui, lui-même, me demanda excuse d'avoir prêté ses presses à l'*affreux dialogue*, en me faisant connaître son auteur.

L'impression que produisit cette hideuse diatribe fut si humiliante pour le libelliste que le journal de la ville la plus voisine publia, dans sa feuille du 16 avril 1828, *que ce prêtre était désormais indigne de monter à l'autel, après la publication d'un tel pamphlet.*

Qui consentira jamais à le croire? Sire, ce fut au moment même où circulait cette odieuse diatribe, qui portait la plus grave atteinte à mon honneur et à mes droits, que mon changement déshonorant de paroisse fut résolu ! Mais je répondis, dès le 9 mai de 1828, à l'autorité que si j'étais disgracié dans cette circonstance, où j'avais tant besoin d'aide et de soutien, je refuserais toute espèce de fonctions quelconques dans mon diocèse natal, et que je me condamnerais à un exil *volontaire*.

Cependant, Sire, l'évêché me donna quelques mois de répit, et je ne reçus mon changement *déshonorant* qu'au mois de juillet suivant de 1828. Mais, toujours fidèle à mon inébranlable résolution, je refusai le nouveau poste qui m'était offert, et me condamnai, à l'âge de trente ans, à un *exil volontaire*, qui n'en est, hélas ! pas moins rigoureux ! et depuis lors, Sire, j'erre de diocèse en diocèse, où je trouve à peine un toit passager pour abriter mon infortune !

Comme je partage cette doctrine, Sire, que les faits vrais sont seuls incontestables, je tiens à prouver à votre auguste Majesté que c'est moi-même qui demandai mon *exeat* avec une persistance inébranlable, malgré les assurances qui m'étaient données que mon évêque me conserverait ses bonnes grâces, si je lui donnais cette marque de soumission; mais le prélat me demandait plus que la vie, *l'honneur !* et je quittai ma famille et ma patrie. Voici toutefois le fragment de la lettre de M. Herbet, vicaire-général, qui démontre que c'est moi-même qui ai demandé cet *exeat* : .....

« Ce 25 juillet 1828 ...

« Je désire, M. le curé, que vous ne vous repentiez pas d'avoir demandé « votre *exeat*. — J'ai l'honneur d'être, monsieur le curé, avec un sincère « attachement, votre très humble et obéissant serviteur.

« HERBET, vicaire-général, chanoine honoraire. »

Me voilà donc dans l'exil, Sire, à la fleur de l'âge, à trente ans ! accueilli sans trop de difficultés dans le diocèse d'Amiens, j'y demeurai neuf ans dans deux paroisses, dont six ans et demi en Sauterre (Somme).

C'est un fait incontestable que, lors de mon arrivée en Sauterre, ma paroisse était extrêmement difficile à administrer, à ce point même qu'aucun ecclésiastique du diocèse ne voulait s'en charger ; mais j'étais étranger, malheureux, exilé ! elle devint mon lot. *Tardè venientibus ossa.*

Des affaires graves de *fabrique*, de *parrainage*, de *magister* surgirent pendant mon administration, pour des causes indépendantes de ma volonté. A force de patience toutes ces affaires étaient heureusement assoupies, lorsque M. le maire de la commune vint à perdre son épouse, et me pria d'en faire l'épitaphe. J'avais eu beaucoup à me plaindre de cette dame, estimable d'ailleurs sous bien des rapports, et je crus devoir refuser cette épitaphe ; mais calculant bientôt les conséquences de mon refus, moi si faible et mon maire si puissant, je me mis à l'œuvre, et envoyai l'épitaphe demandée à mon maire, qui à son tour la refusa, comme *trop tardive*. (Je conserve la lettre de M. le maire).

Sire, en tout temps et en tout lieu les puissants ont des flatteurs comme les faibles ont des persécuteurs. Le magistrat se vit bientôt l'objet des adulations les plus adroites à mon détriment. Toutes les affaires heureusement assoupies se réveillèrent en même temps ; je me vis bientôt la victime de mille vexations de tout genre, et l'omnipotence de mon maire m'éloigna de ma paroisse du Sauterre, au milieu de l'hiver de 1834 à 1835.

L'immense majorité de mes paroissiens, mes confrères, voisins et surtout mon vénérable doyen M. Rogeau, me témoignèrent l'intérêt le plus honorable et le plus vif. J'ose espérer, Sire, que votre auguste Majesté me pardonnera de lui mettre sous les yeux la lettre textuelle de mon pieux et savant doyen M. Rogeau.

« Mon cher confrère et ami, quand j'ai témoigné au facteur tant d'ardeur
« de savoir de vos nouvelles, je ne songeais nullement à cet argent (pour
« dispense). Une personne de confiance m'avait assuré tenir de bonne part
« que d'après un démêlé avec M. le maire (pour l'épitaphe) vous deviez
« quitter votre paroisse ; ce qui m'a fait bien de la peine. Je craignais vive-
« ment de perdre un ecclésiastique que j'estime et que je chéris. Je n'ou-
« blierai jamais toutes les marques de générosité et d'amitié que vous m'avez
« données. J'espère encore avoir le plaisir de vous embrasser chez vous et
« de vous exprimer combien je vous suis attaché.

« Ce 26 décembre 1834.

« ROGEAU, doyen à Corbie. »

Du Sauterre, Sire, j'allai desservir Belleuse, même diocèse et même département ; mais je ne fis pour ainsi dire que passer dans cette commune, où je ne demeurai que deux ans et demi.

Mgr de Chabons, alors évêque d'Amiens, n'avait pas tardé à reconnaître que j'avais été, comme toujours, victime de la puissance, et le prélat, voulant sans doute me dédommager des cruelles souffrances que j'avais endurées par suite de mon injuste changement, me donna les marques du plus touchant intérêt, me fit protéger par mon nouveau doyen, qui écrivit à mon sujet la lettre textuelle suivante à M. Coquerelle, maire de Belleuse alors :

« Monsieur le Maire, ayant eu l'occasion de voir Monseigneur mardi
« dernier, sa grandeur a porté un intérêt tout particulier à M. l'abbé Bre-
« bion, qui devient votre curé. M. l'archidiacre, et Monseigneur surtout,
« m'ont vivement recommandé M. votre curé, en me priant de vous dire
« tout l'intérêt qu'il mérite et l'assurance qu'on peut vous donner, et à
« toute la commune, qu'il méritera la confiance de tous, et qu'il sera la
« consolation de toutes les familles ; que si vous avez occasion de voir Mon-
« seigneur ou quelques-uns de MM. les grands-vicaires, vous pourrez juger
« par vous-même, monsieur le Maire, jusqu'à quel point les habitants de
« Belleuse doivent accorder leur estime et leur amitié à M. l'abbé Brebion.

« PIPANT, doyen. »

« Ce 30 janvier 1835. »

Ah ! Sire, quelle inexprimable douleur j'éprouve en citant une lettre qui démontre tout l'intérêt que me témoignait alors Mgr de Chabons ; mais, hélas ! les succès que je vais obtenir dans cette nouvelle paroisse, trois cloches que je procure à la paroisse par souscriptions volontaires, quelques réussites littéraires vont me susciter un ennemi aussi cruel qu'immoral et perfide. Il insurgera contre moi mon magister, qui se portera à mon égard aux outrages les plus incroyables, au point de me porter le poing sur le visage (il est aujourd'hui interdit).

Ce magister (soutenu dans son insurrection par cet astucieux intrigant qui a juré ma perte), pour ne pas subir l'affront d'une suspense qu'il a plusieurs fois méritée et qu'il a même subie du temps de mon prédécesseur, bâcle contre moi une dénonciation ténébreuse, la fait signer la nuit par des hommes surpris qui savent à peine lire, la porte à l'évêché, et une nouvelle disgrâce pour moi surgit de cette horreur.

C'est en vain que la majorité du conseil municipal de Belleuse va me dé-fendre à l'évêché ; c'est en vain que M. Voclin m'écrit pour m'informer que mon innocence est reconnue, en me disant textuellement que *Mgr de Cha-bons m'a foudroyé!!!* (lettre du 27 juillet 1837), je n'en quitterai pas moins mon diocèse adoptif, et irai à la haie d'épine couper un nouveau bâton pour l'exil.

Et comment expliquer une si affreuse injustice, Sire? C'est à la haine politique qu'il faut l'attribuer: Mgr de Chabons était légitimiste outré. Quelques jours avant l'arrêt qui me *foudroya* il eut connaissance d'un poème en l'honneur de votre auguste Majesté, et dès lors je fus perdu sans ressources.

Par suite de tant de persécutions, Sire, je suis maintenant à Villotran (Oise), dans mon deuxième exil et mon troisième diocèse. . . . . . .

Daignez agréer, Sire, l'humble hommage des sentiments de respect et de fidélité de votre très humble serviteur et sujet,

E. BREBION, prêtre.

Villotran, ce 15 décembre 1840.

INDICATION

DES OUVRAGES LITTÉRAIRES DE M. BREBION, PRÊTRE.

PROSE.

1° Preuves de la religion catholique, avec celles de son utilité pour les hommes, même sur la terre.

N. B. Cet ouvrage a été soumis à l'examen de mon évêque natal, en décembre 1820, il y a vingt ans ; la réponse fut que je devais surseoir à sa publication.—Il est demeuré dans son état d'imperfection.

2° Le *Mentor indispensable...* publié en 1822, élagué et augmenté de plus de moitié.

3° La *Leçon des neuf Muses...,* augmentée de citations destinées à faire sentir la différence des œuvres du génie de celles de l'esprit.

4° *Recueil de pièces polémiques,* dégagées de personnalités et d'allusions.... Allégories, lettres imprimées, mélanges de pensées morales et littéraires.

5° *Mémoire incroyable* de 500 pages, petits caractères.

6° Un *Malheur providentiel...* où l'on fait sentir la différence du droit et du pouvoir, que la puissance doit protéger la faiblesse, etc.

7° Recueil d'articles de journaux, de dissertations, de critiques littéraires. Les articles de journaux sont extraits notamment de la *Gazette de Picardie,* où ils ont été imprimés en 1834 et 1835, etc.

8° La *Discipline administrative de l'Église catholique en France,* dont le dispositif, sous un titre modeste, est déposé aux archives du ministère des cultes, depuis le mois de janvier de 1831, par ordre de M. Barthe, ministre.

N. B. Cet ouvrage est peu volumineux ; mais les considérants en ont paru de la dernière importance.

Total : huit volumes de prose.

OUVRAGES EN VERS.

1° *Odes, fables*, poésies diverses, épigrammes, allégories, etc., un *volume*
en y comprenant les poèmes suivants :

2°. Le *Jugement d'Apollon* sur certains poëtes ;

3° Le *Doigt de Dieu dans la chute de Charles X*, publié en 1833.

  « Vers la fin de l'automne, alors que la nature
  « A couvert de frimas la terre sans culture ;
  « Qu'à travers le fracas de la foudre et des vents
  « L'ouragan furieux roule ses noirs torrents ;
  « Quand, sous son humble toit, le villageois tranquille
  « De contes innocents amuse sa famille,
  « Lui parle revenants sortis de leurs tombeaux,
  « Lui raconte le soir quelques crimes nouveaux ,
  « Ou bien si, consultant le merveilleux grimoire,
  « Il tient tout ébahi son crédule auditoire ;
  « Alors, tout haletant, chacun frémit pour soi ,
  « Et dissimule mal son ridicule émoi.
  « En cette saison donc, où le bruyant tonnerre
  « De ses coups redoublés épouvante la terre,
  « Un illustre proscrit, que l'orage a saisi,
  « Chez notre villageois vient chercher un abri.
  « Sous ces coups redoublés la cabane résonne :
  « — Dieu ! c'est un revenant ! — Alors chacun frissonne,
  « Et, de frayeur transi, s'enquiert avec stupeur. »

  . . . .

4° Le *Musée Louis-Philippe*, à Versailles, publié en 1837.

  « Du superbe palais du somptueux Versailles
  « Des chefs-d'œuvre étonnants tapissent les murailles !
  « Dans ce noble séjour, où l'œil émerveillé
  « Admire à chaque pas quelque célébrité,
  « Réunis par le Roi, les grands hommes de France
  « Reçoivent en ce lieu leur digne récompense !

« Dans ce temple nouveau la science et les arts
« D'un éclat mérité brillent de toutes parts ;
« Les guerriers, les savants, que la gloire environne,
« Obtiennent de ta main chacun une couronne. »

. . . .

5° La *Confession de Charles X à Henri V*, son petit-fils. (1)

---

(1) A l'occasion de ce poème, S. M. Louis-Philippe a daigné m'adresser ses honorables et augustes remerciements.

ÉPITRES

AU NOMBRE DE TRENTE

FORMANT LE DIXIÈME VOLUME.

CITATIONS SOMMAIRES.

Observations. — Le roi n'a reçu que l'épître n₀ 7, le respect que me commande sa Majesté ne me permettant pas de lui adresser de manuscrit.

Jusqu'ici je n'ai communiqué aucune de mes épîtres à leurs objets, ou si l'on veut à leurs destinataires, monseigneur de Quélen, archevêque de Paris, excepté. — Une lettre très flatteuse m'a été adressée de sa part par M. Tresvaux, vicaire général.

ÉPITRES AVEC CITATIONS SOMMAIRES.

1° *Première Épître.*— A monseigneur de Frayssinous, ministre des affaires ecclésiastiques, publiée en 1828,

> « Eloquent Frayssinous, ministre d'un grand roi,
> « Qui de ta dignité règles si bien l'emploi
> « Que déjà par tes soins la docile jeunesse
> « Brille par son savoir comme par sa sagesse ;
> « De l'immortel Rollin illustre successeur,
> « Jette sur ma faiblesse un regard protecteur... »

2° *Deuxième Épître.*—A monseigneur de Vatisménil, ministre de l'instruction publique, publiée en 1828.

> « Docte Vatisménil, ta précoce sagesse
> « T'appelle jeune encor pour guider la jeunesse ;

« Mais ton savoir profond, ta sévère équité
« Légitiment le choix que fit sa Majesté ! »

. . . .

3° *Troisième Epître.* — A M. le comte Siméon, ministre.

« Illustre Siméon, ta rare sagacité
« Sait au profond savoir unir la probité ;
« De mes timides vers daigne agréer l'hommage :
« Ils ne méritent pas ton précieux suffrage....
« Mais. . . . . »

4° *Quatrième Epître.* — A sa Majesté Charles X, juillet 1830.

(Sujet inconnu), en lui envoyant mon ode sur les manœuvres du camp de Saint-Omer, en 1827.

5° *Cinquième Epître.* — A monseigneur de Quélen, archevêque de Paris, publiée en 1834.

« Vénérable prélat, ô toi dont la belle âme
« Brûle pour le bon Dieu de la plus pure flamme ;
« Des grandeurs d'ici-bas sublime contempteur,
« Des éloges humains offenseraient ton cœur !
« Aussi de tes vertus la noble modestie.

. . . .

« Console-toi, Quélen ! le juste souvenir
« De toutes tes vertus ne peut s'évanouir ;
« De ton nom vénéré l'honorable mémoire
« Des Français inconstants embellira l'histoire. »

. . . .

6° *Sixième Epître.* — A M. Voclin, vicaire général d'Amiens, mon bienfaiteur.

« Voclin, c'est bien à tort que mes soins superflus
« Tenteraient de chanter tes sublimes vertus ;
« Pour un si beau sujet ma verve est impuissante,
« Mon Pégase est rétif, ma muse est haletante.... »

. . . .

7. *Septième Epître.*—Première à sa Majesté Louis-Philippe.

« Les bienfaits, ô mon roi, dont tu combles la France
« Aux poètes muets commandent le silence !
« Comment oseraient-ils d'une impuissante voix
« Essayer de chanter le modèle des rois ?
« Modèle dans la paix, modèle dans la guerre !
« Si tu voulais encor faire trembler la terre,
« L'on verrait aussitôt tes valeureux soldats
« Triompher de nouveau dans leurs sanglants combats ;
« L'on verrait aussitôt la guerre rallumée
« Effrayer justement l'Europe épouvantée !
« L'on reverrait soudain tes braves bataillons..... »

8° *Huitième Epître*, deuxième au Roi, sur la *Presse.*

« La *Presse* est des talents le puissant véhicule,
« Qu'on la dégage donc d'une ignoble férule ;
« Qu'elle soit, ô mon Roi, ce rayon lumineux
« Qui jette sur ton règne un éclat radieux...

  . . . .

9° *Neuvième Epître*, troisième au Roi. Défense de mon *Musée Louis-Philippe à Versailles.*

« O mon Roi, c'est en vain que ma muse indignée
« Veut maîtriser ici sa verve révoltée
« Par l'indigne attentat de vouer au mépris
« Un poème zélé, pour ta gloire entrepris ;
« Je veux parler ici des gloires de Versailles
« Dont du noble palais éclatent les murailles.
« Mais, ô Roi bien aimé ! des brouillons mécontents
« Méprise, comme moi, les propos malveillants !
« Laisse-les dévorer, d'une impuissante rage,
« Les chefs-d'œuvre étonnants de ton sublime ouvrage !
« Oh ! c'est bien vainement que pour me conquérir
« Ils étalent à mes yeux un pompeux avenir !..... »

  . . . .

10° *Dixième Epître.* — A men frère *Maxime* (1), curé d'Eperlecques, près Saint-Omer.

« Très cher et très grand frère, à ta haute stature
« Tu joins, on le sait bien, une belle structure,
« Et tu pourrais fort bien, un peu te grandissant,
« Passer, avec raison, pour un réel géant :
« Si d'un esprit égal tu possèdes la somme,
« L'on dirait vrai de toi : *Maxime* est un grand homme.
« Véritablement grand et de nom et de fait,
« Tu serais, mon *haut* frère, un mortel très parfait ;
« Surtout si d'un bon cœur écoutant l'influence
« Des nobles sentimens tu joignais la puissance,
« Veuille bien le penser, mon amour fraternel
« Souhaite avec ardeur que mon vœu soit réel,
« Sois donc grand, cher ami, par le corps et par l'âme,
« Et du bien et du beau fais scintiller la flamme !
« Montre-toi juste et bon, généreux, indulgent,
« C'est le signe certain qui trahit le talent.
« Ah ! surtout sois humain, sans bonté nul génie,
« *L'humanité toujours au sublime est unie.* »

. . . .

1° *Onzième Epître.* — A ma mère.

« Tendre mère, hélas ! sur ton malheureux fils
« Tu vois fondre toujours des malheurs inouis ;
« Traqué par les méchants, en butte à leur malice,
« Tu le vois la victime et du crime et du vice ;
« Tu le vois poursuivi, haletant de souffrance,
« Expier, dans l'exil, le peu d'intelligence
« Que de sots envieux ne peuvent pardonner
« A celui que, cruels, ils voudraient immoler.... »

. . . .

---

(1) Mon frère n'a pas reçu cette épître.

12° *Douzième Epître.*— A Sa Majesté *Marie-Amélie*, reine des Français,
publiée en 1838.

>   « Pardonne, ô grande Reine, à ma muse étonnée
>   « De censurer l'oubli dont je te vois frappée !
>   « De mes faibles efforts tous les soins superflus
>   « Ne sauraient esquisser tes sublimes vertus.
>   « Pour le faire il faudrait le feu d'un *Lamartine*,
>   « Les élans admirés de sa muse divine;
>   « Ou le rare talent de l'éloquent *Hugo*,
>   « Qui de tes qualités serait le digne écho ;
>   « Mais des grands écrivains la prudente réserve
>   « Semble avoir endormi leur honorable verve.
>   « Que j'ose te chanter ! oh ! ce serait en vain ;
>   « Mais je veux aux savants indiquer le chemin.
>   « Je suis dans le désert le bienveillant prophète
>   « Qui pour te célébrer viens chercher un poète ;
>   « Un poète titré, qui soit digne de toi,
>   « Capable d'honorer l'épouse d'un grand Roi !.... »

. . . .

13° *Treizième Epître.*— A mes adversaires.

>   « Jusqu'à donc enfin, ennemis implacables,
>   « Lancerez-vous sur moi vos coups impitoyables ?
>   « Meurtri par le malheur, à l'exil condamné,
>   « Ne désespérez pas le faible infortuné :
>   « Cessez donc désormais vos absurdes querelles ;
>   « Cessez de m'adresser vos attaques cruelles ;
>   « N'allez plus désormais, d'une ignoble noirceur,
>   « Contrister dans l'exil l'honorable malheur.... »

. . . .

14° *Quatorzième Epître*, quatrième au Roi, imprimée en partie en titre de
cette brochure.

15° *Quinzième Epître*, cinquième au Roi. Sujet inconnu. (1)

____

(1) Ces deux épîtres sont des plus longues et des plus importantes. J'ai aussi
une *sixième épître au roi*, sujet inconnu.

16° *Seizième épître.*—A un député.

> « Noble représentant d'un peuple généreux,
> « Que l'univers admire pour ses faits glorieux,
> « Toi que guident toujours la vertu, l'éloquence,
> « Dirige tes efforts vers l'honneur de la France.
> « Jugeons les nations comme l'individu :
> « Si le peuple est honni, son honneur est perdu.
> « A force de travail, de peine et de torture,
> « Parfois l'homme parvient à vaincre la nature ;
> « Quelquefois la vertu, l'esprit et les talents
> « *Sont vainqueurs des jaloux et vengés des méchants.*
> « Mais une nation une fois dégradée
> « Végète ignoblement, devant tous humiliée.....
> « Mais d'un roi magnanime à l'héroïque voix
> « Le peuple courroucé surgirait à la fois.

17° *Dix-septième Épître.*— A un illustre et savant évêque.

> « Vénérable prélat, docte, illustre savant,
> « Jette sur mon malheur un regard bienfaisant ;
> « Daigne, d'un exilé consolant la tristesse,
> « Ecarter, généreux, le fardeau qui l'oppresse.....

18° *Dix-huitième Épître.*— A M. le baron D..., barde boulonnais.

> « Jusqu'ici de tes vers, ô barde boulonnais !
> « Le chant fut généreux, honorable et français ;
> « Mais ta muse, poète, a fait halte en la boue,
> « Louant l'*original* que chacun désavoue...

19° *Dix-neuvième Épître.*— A M. de Lamartine.

> « O poète introuvable, illustre *Lamartine*,
> « Entraînés aux accents de ta muse divine,
> « Les peuples, enchantés de tes vers séducteurs,
> « Te trouvent au dessus de leurs plus grands honneurs.

20° *Vingtième Epître.* — A Rome, *Paris* et *Londres*, foyers de *lumière*.

« *Rome*, *Londres*, *Paris*, foyers de l'univers,
« Qui répandez au loin tant de bienfaits divers,
« Vous êtes, à vous trois, les reines de ce monde,
« Que vous illuminez d'une clarté féconde.
« Déjà par vos fanaux les peuples éclairés.....

. . . .

21° *Vingt-unième Epître.* — A Monseigneur le duc d'Orléans, prince royal.

« O prince, Roi futur d'un peuple fortuné,
« Tu le sais, comme moi, l'on veut être éclairé.
« Ah ! puisses-tu, guidé par cette lumière
« Que suit depuis longtemps la France tout entière,
« De fatals préjugés (1) écarter le poison,
« Faire éclater partout le droit et la raison.....

. . . .

22° *Vingt-deuxième Epître.* — A un intrigant tripoteur.

« Nous te verrons, *Pibrac*, juché sur les échasses,
« Surgir, comblé d'honneurs, qu'ardemment tu pourchasses.
« Le cas est bien prévu, pour un sot positif
« Nous aurons donc, hélas ! un cuistre progressif.
« Qu'importe le degré ? Or montre du courage,
« Et tu reçois le prix de ton vil tripotage....

. . . .

23°. *Vingt-troisième Epître.* — A un prélat, (sujet inconnu.)

24°. *Vingt-quatrième Epître.* — A M. Combalot, célèbre prédicateur.

« Eloquent Combalot, ta parole puissante
« Du sophiste confond la tourbe dégradante ;

---

(1) Préjugés nuisibles surtout à la religion et aux membres du clergé du second ordre.

« Il s'est dit, l'insensé, dans son orgueil brutal :
« L'homme, image de Dieu, n'est qu'un vil animal.

. . . .

« Donc les forts de la halle à tes feux éclairés
« S'écrièrent vaincus : Nous sommes enfoncés !
« Et le brave soldat, retroussant sa moustache,
« Se dit entraîné, lui : Je cours à Saint-Eustache;
« Un grand prédicateur, d'un illustre renom,
« Y prêche avec éclat notre religion.

. . . .

« A tes nobles fanaux nos cœurs illuminés
« Sentent qu'ils ne sont pas des êtres dégradés,
« Des animaux abjects ou des bêtes pensantes,
« Des atômes subtils, des machines mouvantes.
« Tes sublimes leçons, ô savant Combalot,
« Nous prouvent qu'un sophiste est un ignoble sot.
« Mais d'où vient, s'il te plaît, la haine qui té presse
« De tant déblatérer sur l'emploi de la presse ?
« Ne sais-tu pas qu'elle est le rayon lumineux
« Qui projette sur toi son éclat radieux ?
« Qu'elle est du savoir le puissant véhicule
« Qui jette sur le sot son mordant ridicule ?
« Ne sais-tu pas qu'elle est le canal du talent,
« La gloire de l'esprit, la honte du méchant?
« O savant Combalot, si tu voulais m'en croire,
« Tu serais plus soigneux de ta noble mémoire ;
« Ton génie éclatant, noble présent des cieux,
« Devrait à tes égaux son concours généreux.
« Cesse donc à toujours, comme un énergumène,
« De lancer sur nos droits ton cruel anathème;
« A l'honneur de savant joins celui de Français,
« Gloire de ton pays, ne le trahis jamais !
« Noble produit du peuple, au peuple sois fidèle ;
« Qu'il captive tes soins, qu'il anime ton zèle...

. . . .

Cette épître est une de mes plus longues et sans doute la plus importante, pour les objets qu'elle traite, après celle à *Rome, Paris* et *Londres*. Je ne connais M. Combalot que pour l'avoir entendu prêcher plusieurs retraites ecclésiastiques. Les premières pages de cette épître ont été improvisées à la suite d'un sermon admirable sur *l'Immortalité de l'âme*, à la retraite pastorale d'Amiens, en 1836.

25° *Vingt-cinquième Epître*. — A un Archevêque (inédite, complète).

26° *Vingt-sixième Epître*. — A mon frère aîné, maire d'Embry, ma commune natale.

> « Modeste magistrat d'un obscur village,
> « Pour te parler à toi nul besoin d'étalage.
> « Par le chaume abrité, dans ton humble maison
> « De l'orgueil inhumain tu braves le poison ;
> « Plein de sécurité, sans crainte et sans alarmes,
> « Tu ne verses jamais de ces brûlantes larmes
> « Qu'on répand en exil. . . . .
>
> . . . .

27° *Vingt-septième Epître*. — A un honorable et bienfaisant protecteur (imprimée).

28° *Vingt-huitième Epître*. — A M. Brebion, mon oncle paternel, curé de Cheuleu, près Montreuil-sur-Mer, mon père nourricier, le bienfaiteur de ma famille.

> « Orphelin dès l'enfance, élevé par tes soins,
> « L'abondance pour moi découla de tes mains.
> « Dans un oncle chéri Dieu me ménage un père,
> « Un protecteur zélé, parfois un peu sévère,
> « Dont le fouet correcteur sur ma chair trop sensible
> « Imprima quelquefois la marque bien visible.
> « Mais, oncle vénéré, par tes bons châtiments,
> « Ah ! tu me préparais à bien d'autres tourments,
> « Auprès de qui le fouet n'est que bagatelle :
> « Déjà pour moi naissait l'existence éternelle
> « Qui. . . . .
>
> . . . .

29° *Vingt-neuvième Epître*. — A M. Alexandre Delannoy, docteur en médecine, lauréat distingué dans toutes ses classes, poète du premier ordre, mon compatriote, fils aîné de feu M. Adrien Delannoy, électeur du grand collége, homme honorable par ses sentiments de probité et de bienfaisance, dont la mort fut un véritable malheur pour la commune.

« Erudit Delannoy, favori des neuf sœurs,
« Dès l'enfance comblé de leurs nobles faveurs,
« Daignerais-tu souffrir qu'enchanté de ta gloire,
« Je tente, dans mes vers, d'honorer ta mémoire?
« Mais, pour un tel sujet, ma muse vainement
« S'efforce de chanter ton sublime talent.
« Mon travail serait vain, si de ta modestie
« L'éclat ne surpassait celui de ton génie.
« Si ma timide voix, trop faible à te louer,
« A ta hauteur, ami, ne pouvait s'élever,
« Me tenant compte au moins de ma vaine faiblesse,
« Tu sauras estimer le vouloir qui me presse
« De célébrer en 'oi l'honneur de cet *Embri*,
« Victime trop longtemps d'un flétrissant oubli.
« En nommant Delannoy, c'est rappeler ton père,
« Dont la mémoire à tous est honorable et chère.
« Ce père vénéré, honneur de mon pays,
« Revit dans ses enfants et surtout dans son fils;
« Car ne crois pas, docteur, qu'en ma verve indiscrète
« En toi tout simplement j'admire le poète;
« J'y vois encor le fils d'Adrien Delannoy,
« Si bienfaisant pour tous, si bienfaisant pour moi.
« Ainsi donc, ô docteur, mon coupable silence
« Ferait trop le procès à ma reconnaissance;
« Mais toi, daigne en retour songer à Brebiou,
« Ton ami de tout temps, glorieux de ton nom!
« Ah! viens me visiter, savant compatriote;
« Pour deux jours seulement fais que je sois ton hôte!
« Fais trève à tes travaux, et par un bel élan
« Arrive-moi, docteur, bien vite à *Villotran*.
« Nous irons voir Paris, cette cité fameuse
« Qui recèle, tu sais, mainte gloire honteuse!...

. . . .

30° *Trentième Épître.*—A **M.** Victor Hugo, auteur illustre des *Rayons et des Ombres*, du *Retour de l'Empereur*, etc.

> « Grand, illustre Hugo ! tes *Ombres* lumineuses
> « Ont fait bien éclipser des gloires ténébreuses.
> « La France donc enfin, qu'honorent tes succès,
> « Sur les ignorantins a gagné son procès.

. . . .

N. B. Cette épître et celle à **M.** de Lamartine, n° 19, ont été composées en juin dernier; mais les ayant trouvées trop faibles pour des écrivains élevés à une telle hauteur de réputation, j'attends l'inspiration pour les rendre le moins possible indignes de ces grands écrivains, l'honneur de la France et de l'Europe.

E. **Brebion**, prêtre.

OBSERVATIONS.

L'excellence d'un seul homme l'emporte sur la médiocrité collective de plusieurs hommes ordinaires. C'est ainsi que Napoléon valait à lui seul cent géné aux vulgaires, que Bossuet valait cent prédicateurs du commun, que Corneille, Racine, Molière valaient cent poètes d'un mérite inférieur. Il y a quelquefois une distance presque infinie entre l'homme et l'homme, la distance qui existe entre le ciel et la terre. Mais les grands hommes que je signale ici ont-ils toujours été appréciés à leur valeur? Napoléon se fût-il assis sur le plus beau trône du monde, eût-il jeté l'éclat de sa gloire sur l'Europe, sur l'univers même, sans l'éventualité de la révolution française? Non, sans doute; et l'on peut présumer qu'il n'eût pas dépassé le rang d'un illustre général sous le règne de nos rois absolus. Les circonstances font l'homme, ce proverbe est vrai; mais c'est Dieu qui permet les circonstances, de manière à demeurer toujours maître de la situation et des événements qui surgissent. Napoléon, méconnu et désespéré, veut passer en Turquie; mais la Providence a ses desseins sur ce grand homme!...

Quant aux illustres écrivains qui ont honoré la France et les lettres, ont-ils aussi toujours été appréciés à leur valeur? Leur vie traversée est là qui témoigne du contraire. Ce n'est pas sans un vif étonnement que la *Vie de Corneille*, par Taschereau, député, m'a révélé les persécutions irrespectueuses et ignobles dont ce grand homme fut l'objet de la part des écrivains les plus médiocres et les plus nuls dont les noms sont entièrement ignorés de nos jours. Le désespoir de Racine est connu de tous. Boileau lui-même se plaint dans une lettre des honteux manéges employés par les envieux pour le priver des honneurs qu'on lui ménageait dans une réunion. Massillon n'a-t-il pas révélé dans sa vieillesse qu'il ne serait pas mort évêque s'il n'avait eu que des confrères, et de nos jours l'illustre Victor Hugo n'a-t-il pas été l'objet de cette cabale effrénée dont l'écho retentit encore à nos oreilles ? Le savant Viennet, pair de France, ne réclamait-il pas, l'année dernière encore, contre les vexations révoltantes dont il était victime ?

Oh ! qu'elle est incontestable cette vérité : Que le mérite attire l'envie comme le fer attire la rouille.

Tous les moyens imaginables sont mis en œuvre contre ceux qui méritent de s'élever, sans en excepter la mauvaise foi la plus insigne. Pour déprécier l'on invoque toutes les chicanes, et les *spécialités* surtout. L'on exige que le militaire demeure dans son camp, le juge dans son tribunal, le prêtre dans son église. A ce compte-là les chefs-d'œuvre qui honorent l'esprit humain n'existeraient certainement pas. Dans les siècles passés, par exemple, ce sont les prêtres qui ont illustré les sciences et les arts. C'est un prêtre qui composa le bréviaire des rois, Fénelon ; c'est un prêtre qui publia l'ouvrage le plus important sur la Grèce, l'abbé Barthélemy ; c'est un prêtre qui même dans le sujet frivole des romans porta cette perfection, cette moralité, cette connaissance du cœur humain qui fut comme le prélude d'une heureuse révolution dans ce genre ; je veux parler de Prévost d'Exiles, d'Hesdin, auteur du *Doyen de Killerine.*

Pour mon compte je l'ai toujours pensé, l'orgueil jaloux de ceux qui ne font rien et ne peuvent rien faire a inventé la doctrine tyrannique de la *spécialité*. L'on a déjà beaucoup de peine à supporter qui vous est supérieur dans un genre : que serait-ce s'il vous surpassait en plusieurs. La *poésie*, que les ineptes affectent de considérer comme une manie, un délire, une démence, n'est pourtant que l'intelligence la plus élevée, la raison suprême. Qu'on ne parle donc pas de prétendus hommes de goût qui n'ont rien fait, et qui s'évertuent à la critique ; c'est une manière facile de se donner de l'esprit ; mais leur manie à eux c'est de l'envie cachée sous de l'impuissance. La nullité de mon mérite met ma responsabilité à couvert de tout intérêt quelconque ; mais cette vérité que j'exprime, elle est incontestable.

E. Br**, prêtre.

9 782019 635329